言霊宇宙

ことだまコスモス

須藤三智穂

言霊宇宙　ことだまコスモス

【目次】

か行　クリアな音　ぶつかって着地する音

「怒りと悲しみを感じたいときに」

ま行　自分を愛する音　闇と光をはらむ音

「強くなりたいときに」

さ行　繊細さの音　しずかな音　「愛をあらわしたいときに」

た行　前へ跳ぶ音　立ち止まる音　「居場所を確かめたいときに」

はじめに

◎50音の響き

二十年ほど前、古神道の神社で初結びの修行を経験しました。朝五時に起きて、まずは掃除（みそぎ）をしてから夜九時に寝るまで、四時間ほど真言を百回唱える時間がありました。四泊五日の修行が終わる頃には、声がガラガラです。けれども、真言の音の不思議な配列、祝詞のリズム感が心地よかったのを、身体が覚えました。

その真言も祝詞も50音からできており、こんなにも音や言葉を肌で感じたことはありませんでした。八ヶ岳の自然の空気が、さらにその実感を深めました。

音ひとつひとつに異なるエネルギーと意味がある。その50音を組み合わせて言葉ができ、文章ができる。会話がひろがる。日本語はなんて贅沢な言語なのだろうと思いました。

アイヌのユカラ（アイヌ民族に伝わる叙事詩）を聞いた時も同じ感動を覚えました。意味はわからなくても、規則的なリズムと言葉の音一つ一つの持つ不思議な響きに、聴き入ってしまいました。詩を書くことが好きで詩を学んだ私は、50音のエネルギーが響きあう詩を書きたいと強く願いました。

その後、江戸時代以降、古神道の世界では、50音と神を結びつける「言霊学」がさかんに研究されたことも知りました。50音は“五十鈴（いすず）”と呼ばれることもあるそうです。

「鈴がひとの口の形をしていることから、鈴とは人の言葉をさしている」

（小林美元『古神道入門』評言社）

鈴や鐘は、古代から魔を追い払うために鳴らしました。私たちには声がありま す。50音を声に出すことで、自分を浄化できることがわかりました。（祝詞や真言がまさしくそうです）

もともと日本人は「言霊」―言葉に魂が宿る―という考えがあり、日本は言霊（言葉の魂）の力によって幸せがもたらされる国「言霊の幸《さき》はふ国」とされてきました。
日本語は50音ひとつひとつに宿る言霊と、音を組み合わせてできた言葉にも言霊が宿っており、50音や美しい言葉・力のある言葉を声に出すことで、言霊の力をいただいて、心身を浄化し、幸せになれるのだと思いました。

その後、Voice Therapy のカウンセリングの仕事を始めることができ、カウンセリングの中で、50音を声に出すと、ゲスト（クライアント）の心がその響きでひらいたり、揺さぶられたりすることもわかりました。50音ひとつひとつのエネルギーの違いによって反応もさまざま。そして声に出すことから、50音が特に響く身体の場所があったり、50音の意味がひとの成長と深くかかわりがあることも感じました。それをまとめたのが次の章です。

◎50音の種類と意味

「あ行」から「ん」までを表すと、Voice Therapy ではこのようになります。

それぞれ似た色のものは仲間です。

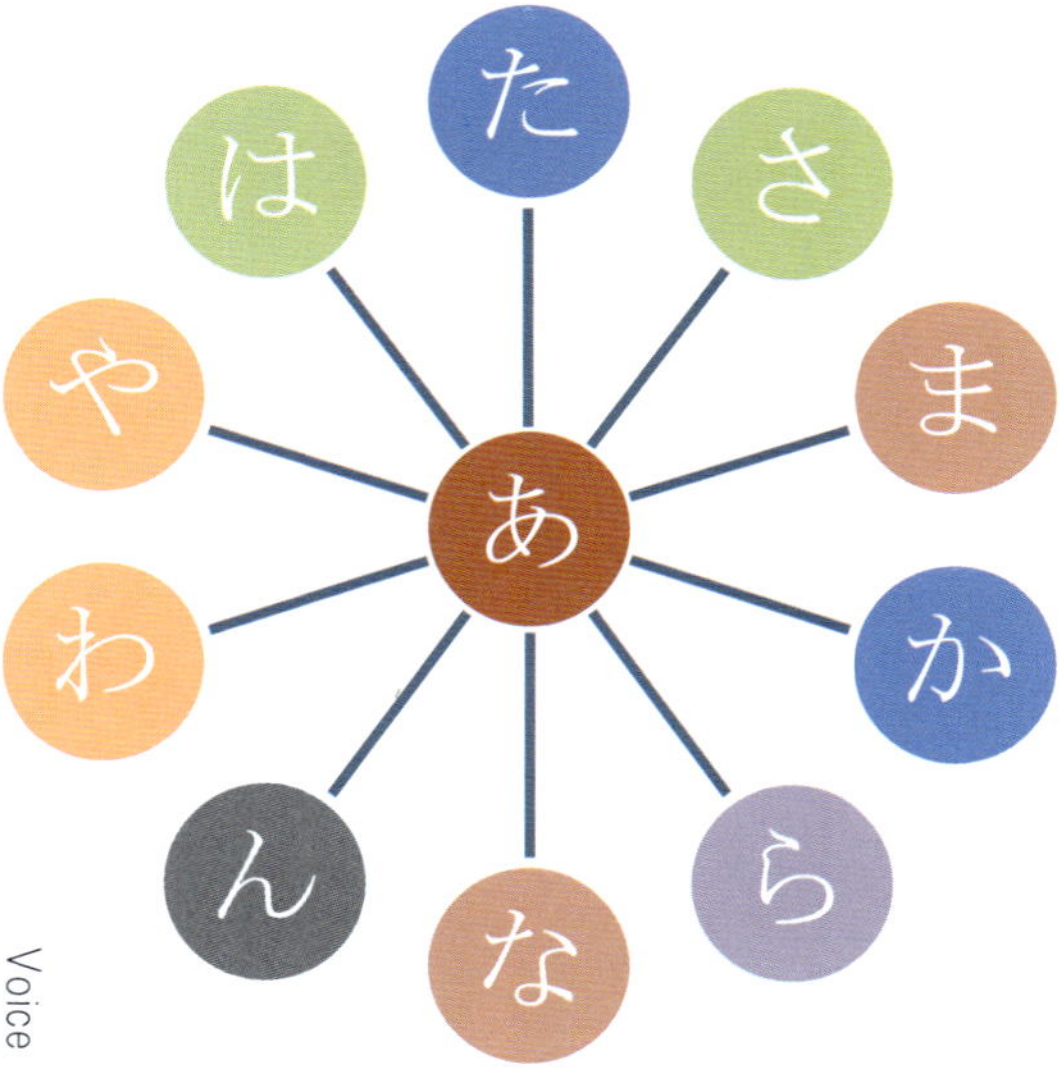

Voice Therapy「ポエムヒーリング」より

「あ行」は始まりの音。母音と呼ばれ、他のすべての音（子音）を伸ばすと、母音に帰っていきます。発声の時、身体のどこにも引っかからず、お腹にためられた息が筒のように上ってきて、喉からそのまま声として発せられます。ありのままの自分を、外に向かってオープンにする音です。宇宙の大きな流れの中で、「あ行」のわたしが誕生します。

赤ちゃんが生まれて初めは、お父さんやお母さんに世話をしてもらいながら大きくなっていきます。「な行」は甘える時の音。子どもがお母さんに甘えるとき、鼻にかかった発声になります。①第一チャクラに関係します。

少し大きくなると子どもは自分の世界をもって遊ぶようになります。「ら行」は遊び心を持つときの音。らんらん、るんるんと、のびのび遊びに没頭します。実は「ら行」は②インナーチャイルドの音。子どもの頃、子どもらしく自分らしくいられないと「ら行」が不明瞭な発音になります。Voice Therapy では“すべる”と言いますが、このような人が実はとても多いです。第二チャクラに関係します。

幼稚園や小学校などの集団生活に入ると特に、子どもは人との関係の中で、怒りや悲しみなどの激しい感情を自覚するようになります。これが**「か行」**です。たまった感情を発散するのに、**「か行」**の発声が役にたちます。第三チャクラに関係します。

思春期になると、人は身近な異性に憧れたり、恋をします。**「ま行」**は人との関わりの中で、自分に優しくしたり人を大切に想うときの音。「な行」が発展した音です。人との関係の中で、「か行」が自分ひとりや身近な人間関係の感情だったのに対し、**「ま行」**は、自分と相手との、さまざまな形の愛をめぐる人間関係から生じます。第四チャクラ―ハートチャクラの音です。

そんな人間関係には、ひとのこまやかな感情が動きます。**「さ行」**は繊細さの音。第五チャクラ―喉のチャクラの音です。繊細な感覚を言葉で表現できる環境にあるとき、喉のチャクラは発達し、コミュニケーションを上手にとることができます。けれども喉の調子が悪いと訴える人は多く、喉がいつも痛い、声がうまく出ない、上手に話せないと悩んで、相談にいらっしゃいます。コミュニケーションの難しい時代です。でもどんなときでも、もとにあるのは自分との関係です。**「さ行」**で、自分の中の細やかな感情の動きやゆらぎを見つめることができたとき、ひとはようやく変化することができます。

「た行」はターニングポイントの音。「か行」の激しい感情が、社会性を求めた時、**「た行」**が必要になってきます。岡本天明『ひふみ神示』(コスモ・テン)にも「カはうらぞ、タはおもてぞ」と表現されています。第六チャクラの音です。

「は行」は、気づき・発見の音。呼吸をたくさん使います。自分のエネルギーを放出し、生み出していく音でもあります。「はる」という時の呼吸が、芽吹きや啓蟄《けいちつ》など自然の動きにつながっていくように。また何かがひらめくときは、宇宙的なエネルギーと呼応しています。第七チャクラに関係があります。

「や行」は自分に帰る時の音。ゆったりとよけいな力を抜いていく音です。自分の中のやわらかさを味わう音でもあります。

「わ行」は自分からもっと広い世界へひろがっていく音。わたしたちを包み、ひろげ、大きな視点を持つ音になっていきます。「あ行」をより成長させた音。さきほどの『ひふみ神示』には「**あ**も**や**も**わ**も…一つのものぞ」とあります。

そして終わりであり始まりでもある**「ん」**。生命がひとめぐりし、ふたたび新しい命を始めるとき、再び**「あ行」**から、ひとは世界を感じていきます。

そのほか濁音（が行・ざ行・だ行・ば行）や破裂音（ぱ行）と、日本語はなんてたくさんの音を持っているのでしょう。

◎50音を声に出す

ひとつひとつの音の持つ意味と響き、そしてそれらの音が組み合わさってできた言葉を、呼吸とともに、取り入れたり、外へ出したりしながら、私たちは自分たちの存在の意味を反芻して生きています。

50音―小学校で習ったことは覚えているけれどふだんはあまり重要に考えたことがない、という方がほとんどでしょう。けれどもこの50音を上手に毎日の生活に取り入れると、それぞれの音がもつ力を使うことができます。

声の力、そしてその声に合った身体の動きを加えることで、さらに心にも身体にもそして魂にも音のエネルギーを循環させることができます。

◎本当の自分を生きるために

もともと言葉は人に自分の考えや感情を伝えるために在るものです。相手と共感したり、違う考えを出し合ったりして、人との間をつなぐものです。そして、言葉を伝えるための声の器官―喉は、身体の中で自分の内なる世界と外の世界をつなぐとても大切な場所です。

でも、カウンセリングをしていると、多くの人々が自分の本当の気持ちを言葉にしていないことに気づきます。相手に合わせて違う言葉を言ったり、自分の感情をおさえて我慢したり、あるいは人の言葉を聞かずに自分の考えに執着したりしているうちに、喉が不調になってくることがあります。痰がからむ、声がかすれる、いつも喉が痛い…と言ってVoice Therapyに訪れる方がたくさんいます。これは自分の本当の願いを抑え、無理に自分に言い聞かせたり、少し過激な表現ですが「嘘をついて生きてしまった」ことから出てきた、身体の正直な反応です。

身体の中に、言えなかった言葉や自分のマルの中から出られない苦しみがたまり、その悲しみや怒りが臓器や関節、皮膚を傷めることがあります。いつも本当の気持ちを言葉にすることができたなら、それを誰かに聞いてもらうことができたなら、ひとはもっとすっきりしたシンプルな自分でいられるのでしょう。ありのままの自分を認めることができ、過去に縛られずに「いま」に生きることができれば、私たちはもっと生きることを楽しめるはずです。

◎50音の力

言葉の元をつくっている音素（おんそ）―50音。さらに音を組み合わせてできた日本のことば。音にも言葉にもそれぞれの働きがあり、声にすることで、人の感情も身体も周りの世界も変えていく力を持っています。

Voice Therapy のお客様のなかに、お母さんとのインナーチャイルドに苦しみ続けている女性がいました。彼女は身体のあちらこちらが不調になって臥しているこことが多く、働くことができず、そのためにさらに母との関係が悪化し…という苦しいぐるぐるの中にいました。ある日、「か行を思い切り大きな声で言ってみましょう！」と提案し、「か、こ、く、け、き」を大きな声で発声してもらいました。今まで聞いたことがないほどの声のボリュームでした。言い終わったあと、「すっきりした」と言われ、彼女はその後も家でか行を練習しているとのことでした。

また、講座で「ま行ヒーリング」(ま行の声と体の動きをつなげた動作—Voice Therapy オリジナルです)をおこなった時に、「胸があたたかくなった」「涙が出た」「自分がいていいんだなと思った」と受講した方が口々に言われました。こんな単純な音を発声するだけで心が癒され、身体が楽になるのなら、これを使わない手はありません。苦しみから抜け出す入口は、案外こんな小さな、誰にでもできることにあるのかもしれないと思いました。

50音のエネルギーが響きあう詩… 50音の一つ一つの音を声に出し、感じながら、その音から出てくる情景や日常の世界、想い、物語を詩にして、三年前から書き始めました。書くたびにfacebookやブログに公開しました。「神様からのメッセージ」としたのは、音ひとつひとつに神が宿り、情景や記憶を言葉として導き出してくれていると感じたからです。タイトルに「宇宙」を入れたのは、それぞれの行はひとつの宇宙を創っていて、人の心の状態にも呼応しているることが、書き進めるたびにわかってきたからです。

わたくしの世界をえがいた詩ですので、わたし自身の日常がたくさん入っています。共感していただけたり、読むことによって少しでもお気持ちが楽になったり、ということがありましたら、それはとてもうれしいです。

また、自分で描いた50音のそれぞれの行のイメージを、行の初めの見開きページに入れました。皆様のイメージとは違うかもしれません。そのことについてご意見をいただけましたら、また50音の世界が広がると感じております。

二〇一九年　十二月

須藤三智穂

〈注〉

① チャクラとは、体の中にある七つのエネルギーセンター。第一チャクラ（会陰あるいは肛門と性器の間）、第二チャクラ（丹田―おへそから指三本下）、第三チャクラ（胃のあたり）、第四チャクラ（胸）、第五チャクラ（喉）、第六チャクラ（眉間）、第七チャクラ（頭頂）となっています。

② インナーチャイルドは「幼い頃の傷ついた私」です。誰にでもインナーチャイルドは存在します。
自分のまわりの権威ある大人たち（両親・祖父母・兄弟・友人・親戚・学校の先生など）から精神的に支配される、あるいは無視されたり、自分の欲求が満たされない関わりだったり、重い場合は、親から暴力を受ける、性的虐待を受ける、などによってインナーチャイルドが形成されます。自信が持てない、人間関係がうまくいかない、体調不良などの症状が現れます。

＊行の中の音の順番が、例えばあ行ですと、あおうえいの順になっているのは次のような理由からです。他の行も、これに準じます。

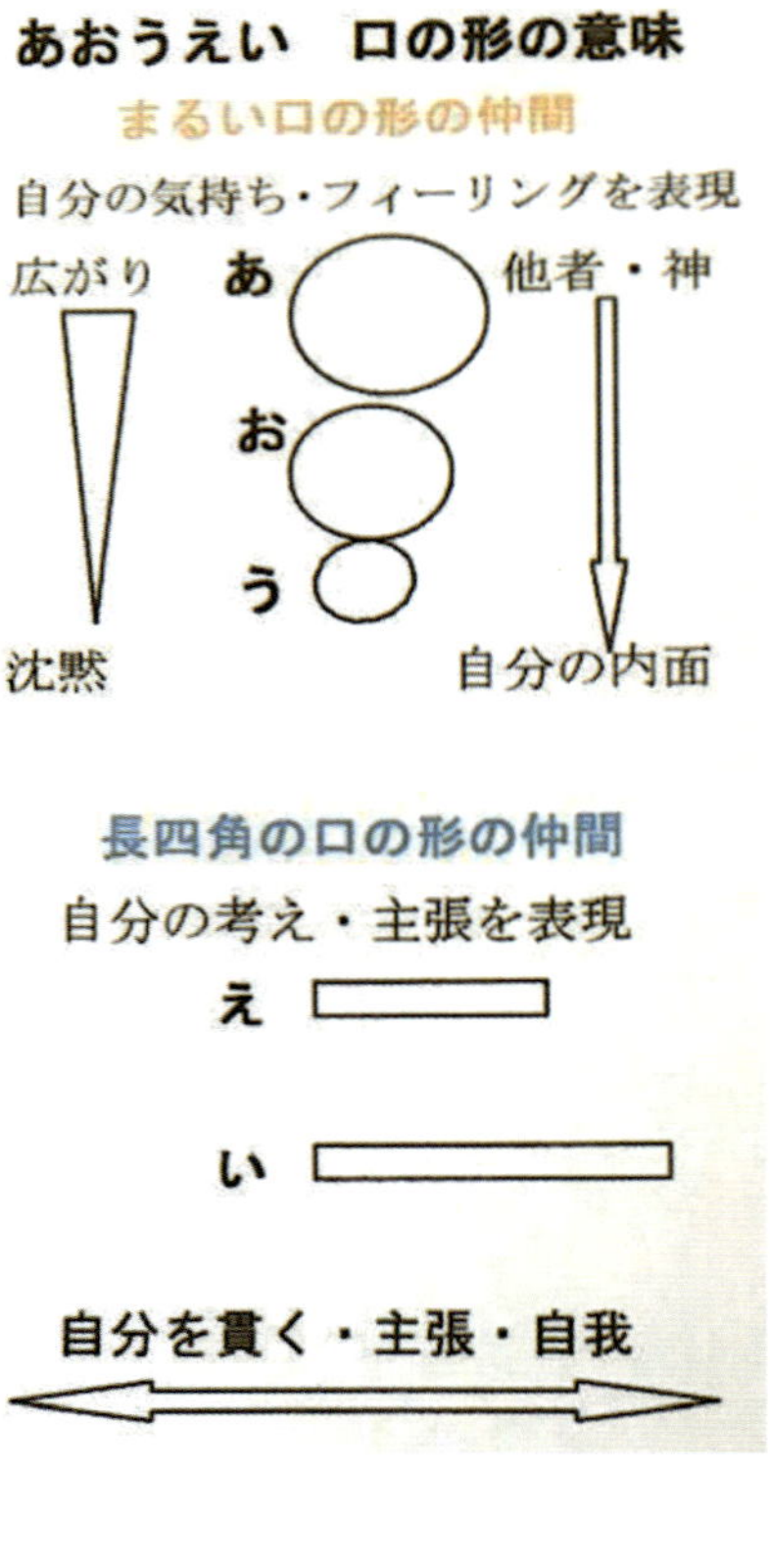

Voice Therapy「ポエムヒーリング」より

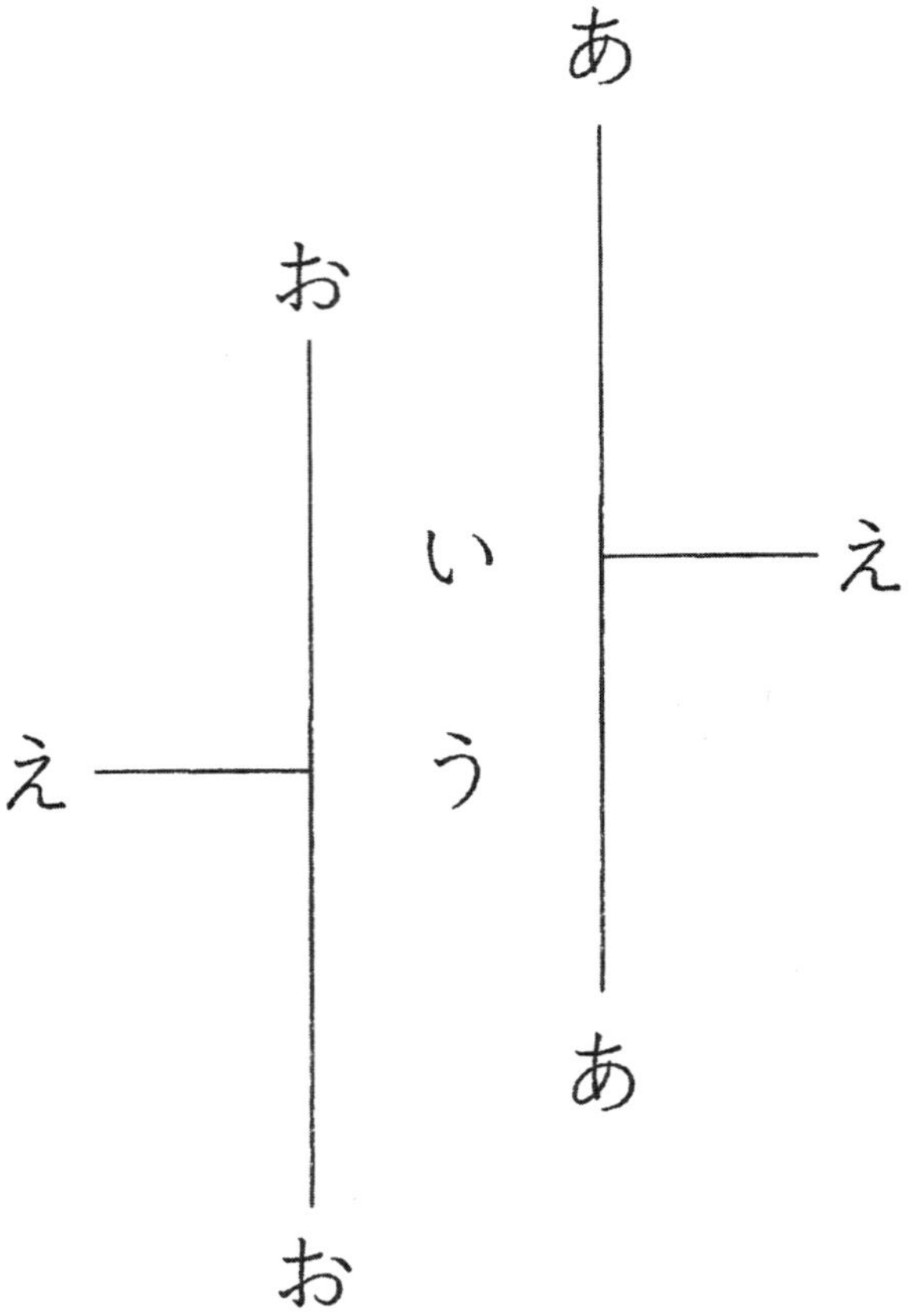
あ
お
い
え
え
う
あ
お

あ行　伸びる音　宇宙とつながる音

自分を敬いたいときに

「あ」の神様からのメッセージ　―無限―

宇宙のなかから　ひかりはじけて
わたし
母なる海からあがった
はじめての息
におい
いろ
いきていることを
声でたしかめた
あなたがわたしをだきあげてくれたとき

いきていく　いとなみ
そのいたみを

おおいなるスピリットからもらった
愛をしるため
あなたとわたしの
うつくしいひかりと　かげをいつくしむため
えいえんといっしゅんをかけぬけて
ありのままに
いま　ここに　あることを
感じるために

うれしいことも
くるしいことも

ああ
ありがとう
声をはなって

宇宙ととけあう
いちずにいきる
いつか地のはてに
このいのち
かえすときまで

「あ」は始まりの音。一音では驚き気づき、二音では感動・嘆きや納得…と表情を変えながら、お腹の底から声高く上っていく。50音の中で最も素の自分をあらわす音。

「あ」を声に出して、閉じかけた胸を開いていこう。大気や宇宙や神と呼ばれる存在に触れるために。そして生きていることをよろこびあうために。

「お」の神様からのメッセージ　―神呼び―

おおおおおおお
お腹の底から
天へ
大いなる力へ
おおお
声がのぼっていく
わたしたちは天と地をつなぐ
空を仰ぎ
足裏で土をつかみ
天の意思を
受け取る
恐れを手放し

地上に天の願いを形づくるため

おおおおおお
やわらかい一本の葦《あし》
吹き荒れる風になびきながら
頑固に自分であろうともがく
息を吸って
息を吐いて
地の声を聴く
地の願いを吸い上げる
地上の穢れを洗い
魂をもう一度呼びもどすため

おおおおおお

祈りの　神呼びの声
声を響かせ
声を束ね
天へ差し出す
地へ浸みこませる
人としてできること
人ではできないこと
ギリギリのところで
力をいただく
地上に色とりどりの夢を咲かすため

わたしたちは一本の葦のように弱く傷つきやすい。だから声を使って、いつも背骨をのばしてまっすぐに天地のエネルギーを通そう。初め低く、少しずつ高く、地面から天へ向かって放射状に声を出そう。

神呼びの「お」は、神社で宮司さんや神主さんが祈祷の時に響かせる音。「お」の声に全身全霊を込める。私のお気に入りの川原神社の伊藤悦子宮司の声、そしてずいぶん前だが、天河神社の柿坂神酒之佑《みきのすけ》宮司の神呼びの声は、あたたかくどこまでもどこまでも伸びていったのを覚えている。

「う」の神様からのメッセージ　―うた―

う
うつくしいしんじゅを
くちびるのまえでかたちづくるように
こえにする
わたくしのなかにねむっている
ことばのしずく
あさつゆにぬれて
つきとたいようのひかりをうけて
う
かがやくよういをしている

うれしいことは

うるわしいこと
なぜ　くるしいことだけを
ひろいあげていきようとするのか
じぶんをみとめることは
ごうまんではないはずなのに

じぶんをうやまう
しんじゅのかがやきを
うみだしたわたくしに
それをおしえてくれた
ふかいなみおとに

う
どこまでものばして
いらないものはうしなって

ういういしい
ことばのしんじゅを
さしだす
あなたのこころが
わたしのこころが
しずかにみちみちるように
うまれたままの
うたがうたえるように
おおいなるうみのなかで

「う」は、自分にフォーカスして自分を見つめる音。胃の裏側から、見たい自分と見たくない自分を両方感じながら、「う」を声にすると、美しく深い声になる。その声でひとに話すと、真珠のような輝きが相手に届く。おおいなる命の波から打ち寄せられたプレゼント。

わたしたちは海のような深遠で青い世界を持っていて、それはどこまでも宇宙とつながっている。

「え」の神様からのメッセージ　―つながる―

伸ばすと
緑のすそ野へ
声が
どこまでも広がっていく
静かに
穏やかに
あなたのために生きる
それは
わたしのために
生きることだから

つらいとき

一緒に泣いてくれた
苦しいとき
手を握ってくれた
難しい話も
わたしにわかるように
あなたは階段を降りてくれた
だから
今度はわたしがする
あなたのために
誰かのために
そばに行って抱きしめる
わたしにしてくれたみたいに

え
格好悪くても

だめな自分でも
そのままの姿であなたの前に立つ
助けてください
どうすればいいかわからないのです
助けてあげたい
どうにかしてあげたいのです
正直に
ありのままに
え
笑顔で
あなたに向きあいたい

きっと
生まれる前から
わかっていた

わたしが
この世界に届けられるもの
緑のすそ野をわたる
木々のさざめき
一瞬の
いのちの光を
つなげて
つなげて
えいえん
あなたのなかで
わたしは生きる

「え」の音を、胸に響かせながら伸ばしていくと、誰かの胸とつながる。その先に愛を感じることができる。喉をあけてすべてを声にして、あたたかい日の光のような声を届けよう。

「え」は人間関係をスムーズにする音。伸ばすと自然に笑顔になる。笑顔は、人と人の架け橋。「え」を明るく響かせよう。

「い」の神様からのメッセージ　―祈り―

両の手をあわせて
いのるとき
過去から未来へ
風が吹く
何十年も想いつづけたあのひとに会えますように
初めてときめいた恋が成就しますように
喧嘩別れした
友達、恋人、親子…
季節がめぐっても
遠く離れても
その人と生きた時間が
今も身体をかけめぐるから

いのる
合わさった手のひらの
淡い闇に息を吹きかけ
よみがえらせる
倒れた心
凍った文字
い
くぐもった声を前に押しだして
世界へ願いを形づくっていく

声を放つ時
「い」は虹の柱となって
天へ吸い上げられる

地球のどこかで
風がわたり
水がゆらぎ
優しい目の動物たちが耳をすます

きっと会える
きっと言葉をかわせる
きっと固い氷が溶ける
い
いのる
自分の声を信じて
ひたむきに
無心に
世界へ語りかけていく

「い」の字は二本の線が離れて向きあっている。あなたと私であり、過去と未来、右手と左手でもある。

「い」は自分の意志や考えを他の人に向かって表す音。「いのり」は「意乗り」。神様の意思に乗ることとも言われている。声をまっすぐに伸ばし、そばにいる人たちにまずわたしを理解してもらおう。あなたとやわらかく向きあえるように。その行為はやがて神に通じるもの。

の
の
の
になぬね
の
の
の

な行　甘える音　命を感じる音

さびしい日に

「な」の神様からのメッセージ　―祝いの日―

一年にいちど
祝いの日
な
おめでとう
見つめられて
プレゼントが届いて
くすぐったく
甘えられる日
な

自分を甘やかすことを
いつの間にか

禁じていた
すごいね
できたね
いえいえ
いえいえ
私なんか
わ　た　し　な　ん　か

な
鼻に抜けて
楽々と出して
自分をゆるませる
がんばった
よくやった

自分をほめてあげる
子どもの頃
大人になっても
きっと
いちばんほめてほしかった
お父さん
お母さんのかわりに

な
自分のために
涙を流そう
自分の体を
抱きしめてあげよう
授かったいのちが

脈々と流れる
一人しかいないわたし

あなたが
いなくなったら
本当に困る
死ぬほどつらい
だから

な

私たちは自分を褒めることに慣れていない。謙遜が美学のこの国の文化の影響もある。

けれども、時々頑張っている自分をいたわってあげよう。

「な」は甘える音。な行は鼻にかかった声で発声する。きっと元は幼子が親に甘える音。インナーチャイルドカウンセリングの時は、この「な」の声を使って退行瞑想を行なう。

「の」の神様からのメッセージ　―ハープ―

野の小さな花たちのように
私の暮らしの隙間を
ハープが埋めてくれる
どこまでも広がる野の
ののののの　伸びていく
心を指で引っ掛けていく

さざめく葉の花びらの
こすれあう音色のように
日常のささいな音
弦のうえをすべらせる
の

かつて私は指の曲がった
哀しいハーピストだった
やがて泣きながらハープを捨てた
そんな前世をも受け入れられる
さびしい日のたそがれ

の
見開いた部屋の隅に腰掛けて
ハープを奏でてみる
誰のものでもない
たったひとりの野に
かそけき哀しみを
ひとときで消え去るよろこびを
ののののの
空と風に揺らぎながら

ハープの調べに
流れる時間《とき》の指先に
はかない夢を託していく

四年ほど前、ハープと出会った。親指を立てる演奏に苦戦しながら、続いている。もしハープがなかったら、私はとても寂しかっただろう。また、イギリスで、リュウマチのため指が曲がってハープを弾けなくなってしまった前世も、教えてもらった。

「の」は、所属を表す音。漢字の「乃」からできた文字。乃は胎児を表す象形文字。誰にもどこにも所属しない「の」の中で、ゆったりとハープを弾いていたい。

「ぬ」の神様からのメッセージ　―逢瀬―

ほろほろつきよの　むらさきに
そよさや　くきはは　ゆめぅつつ
はる　なつ　あき　きぬ
きぬぎぬの
うすくれないの　あさまだき
ゆきつ　もどりつ
ぬばたまの
よる　くちはてて
あなたまつ
もえぎ
ゆらぎ
なやましき

おもいに　このみ
まかれゆく

ほろほろつきよの　げんげつに
みえぬ　はんみの
もどかしき
むしのね
かざはな
くさがくれ
め　ゆび　あしうら
みずいだく
いとしき　あなた
むねこがれ
こえ　なびかせつつ
おうせまつ

ほろほろつきよに
ぬかづいて
こいむらさきに
みをしずむ

「きぬぎぬ（後朝）」は古語で、男女が一夜を共にした翌朝のこと。平安時代は通い婚の時代。互いに歌を贈りあった。「げんげつ」は半月のこと。

愛の中でも、もっとも深くなやましく人の胸を開かせる恋愛。見えにくくひそやかな、そしてとても水っぽい「ぬ」の世界。

「ね」の神様からのメッセージ　―根っこ―

あなたと
わたしは
ね
根っこでつながっている
あなたの光を
わたしの影は憧れる
あなたの影を
少しでも支えられるなら
ね
わたしはきっと
ここにいてよかった

根っこから伸びて
光ったり
萎《しな》びたりしながら
いのちを終える
ね
その小さな生涯を
分かち合える人がいたなら
世界は一瞬美しい

生まれては消える
喜びや心配
時々襲ってくる
悲しみの渦
幹は揺れ
葉は落ち

涙で濡れそぼっても
あなたがいれば
また空を仰いで
生きてゆける

ね
目と目を合わせて
手と手を重ねて
うなずきながら
言い合いながら
ね
軽やかに
step by step

「ね」は相手に同意と共感を求め確認する音。それは字の右側、まるく膨らんでくるっと着地する形にも表れている。

「ね」と言うとき、口元がほころぶ。「ね」を堂々と言える時は、自分も相手も、周りの環境も、こころから信じているときなのだろう。「ね」と言いながら、人とつながっていきたい。子どものように無邪気に。

「に」の神様からのメッセージ　―地図―

二月の
抜けるような青空を
目に映して
何もしない
何も考えない
ここにいて
ただ空と向き合っていたい

冷たい風の中
コトコト電車に乗って
見知らぬ街の病院へ行った
からからの空気

たくさんの人の命が
待合室の茶色の椅子に
白いカーテンの病室に
素顔のまま
まじりあっている

桜の花が
下から咲いていくことを
初めて知ったおととし
病院の玄関に立ち尽くして
眺めた
満開になって
散り終わるまで
なんども　なんども

プラスチックのカートに
生まれたての赤ん坊が
白い産着を着せられて
眠っている
こんなに小さくても
全てが完成されている
命の不思議
きっと次々居場所を変えながら
いつも
今に生きていくのだろう
泣きながら
笑いながら
まことの自分を探しながら

二月の青空の下に
わたしは生きている
何もしなくても
何も考えなくても
動いている
動かされている
命の地図に導かれている

立春―新しいスタートの日。突き動かされるように自分の内側が変化を求めている。その中で、病院では、さまざまな命の地図が広げられまるめられていく。「に」は、いつも自分がいるところ。自分が生きるところ。自分が生きる時間。そして元の字は「仁」　人と人の間に通う親しみを表す。微笑みあい、泣き笑う「に」の声で。

ら

り
る
れ
ろ

ら

ら行　自然とひとつになる音　子ども心の音

解き放たれたい日に

「ら」の神様からのメッセージ　―らんらん―

らんらん
野原に行って　しろつめぐさを編んだ
カラスノエンドウをぴーぴー鳴らして
はる
らんまん
やなぎの枝をむすんで
ぶらんこ　ぶーらぶーら
ごめんね
痛い？
草の斜面を　ころころころころころ
どんぐり　ころころ
るんるん

こころがはずんでくる

スキップしながら歩く
どこまでも　みどり
葉っぱが風にゆれている
ろーんろーん
教会の鐘が鳴るまであそんだ

うちにかえると　ママが　おこるもん
はやくしなさい
しずかにしなさい
あいちゃんばっかり　だっこして
わたしにはしてくれないもん
わたしにも　えほん　よんでほしい
おくちに　あーんを　してほしい

わたしをほめて　にっこりして
ママ　わたしのこと　すき？
ってきくのが　こわい

寝ころんで
空を見てると　気持ちいい
土のにおいがする
おひさま　あったかいよ
おじぎそう
何度も何度もさわって
閉じたり
開いたり

帰りたくなかった
いまもわたしはそこにいる

遊んでいるしか知らなかった
春風とともに
ひとりぼっちに
フリーに

ら行は、口をはっきり開けて、うわあごに舌を瞬間的にあてながら発声する。舌の筋力とやわらかさが必要で、小さな子どもには難しい発音だ。また、ら行を、舌をあまり動かさずに、どちらかというとあいまいに発音する人はとても多い。Voice Therapyでは、「すべる」という。

この詩を読むと涙がこぼれる。子どもの頃、おにいちゃん、おねえちゃんは必ず味わう悲哀かもしれない。

「ろ」の神様からのメッセージ　―濾過《ろか》―

わたしのなかに
こんこんと湧き出でる
あつい
水脈
ろ
噴き出す朝を待つ
ろ
無邪気に
ぞんざいに
放てば
手足が軽く伸び上がる

感情が
胸をかきまわす夜には
ろ
細いガラスの管を
くるくる下っていく
湯気の立つ怒り水
冷たい涙水
とろとろした嘆き水
理性のフィルター
ろうとから流し込んで
ろ
ろか
澄んだ水にひたされる
静かなリズム
胸が朝焼けに溶けていく

ろ
解き放てば
喜びがこみあげて
ら
水が甘くなる
終わりのない水
太陽のめぐりのように
湧き出ては
ろ
ろかして
ら
今夜もまた
ろ

「ろ」と声に出すとき、解放感を感じる。
たまっていたものを上から下へ放つ。新しいものが入ってきて「ら」からまた元気よく始まる。再生できる。

「ろ」の元の字は「呂」　ひとの背骨が連なる形だそう。背骨の骨の上から順番に濾過していこう。ネガティブな感情を浄化していこう。

「る」の神様からのメッセージ　―一体―

夏の早い朝
草の上に寝ころぶと
る る る る
冷たい風が皮膚をころがっていく

蝉の声
カラスの鳴きわたる声
地面を蹴るスニーカーの音
空が迫っている
地面が触れている
るる るる るる
わたしが生きている

草いきれ
メタセコイアの木の香り
自分の汗の匂い
溶けあって
る
ここに　いま
生きて在ることを
世界のなかで
認めあう

黙って
る
足裏で立つと
る

るるる　るるる
血液が縦に流れ出す
ひとり
すべて
ただ在る
心地よく
感じる
木とゆるしあう
これでいい　と
る
るるるるる
る

平和公園での早朝ヨガの記憶が、この夏強烈に自分の中に染み込んでいる。あそこで感じたことを身体が覚えていて、いつでも取り出せる。気持ちよく、自然と一緒に呼吸していた。

帰り、道路を車で走っていると、排気ガスの匂いが苦しくて窓を閉めた。すぐに慣れてしまったけれど。身体はずっと覚えている。

「れ」の神様からのメッセージ　―立ち尽くす―

雨の合間の
濁った曇り空
病室の窓から
れ
ろの前の
静かなまなざし
わたしたちを
見下ろしている

小さな部屋の
ベッドが四つ
満員の

声がまざる
声が湿る
れ れ れ
ベッドの脇から
必死に呼びかけながら
迫り来る交響曲《シンフォニー》
響きわたる礼拝堂に
靴を脱いで
ぬかづく時を
みな
ふるえながら
待っている

れ
一日でも永く

今がつづきますように
連綿と
明けない梅雨空《つゆぞら》をねがう
苦しくても
れ
立ち尽くしたい
ろ　の硬い地面を
歩きたくない
知りたくないから

れ
痩せていく命
ベッドの脇で
濡れた靴をはいて
ながめている

いつまでも
ながめている

父の病室へ行った記憶がよみがえる。亡くなる一ヶ月前、父は声が出なくなり、目だけで喜びや悲しみを表し、時々どこか遠くを眺める日々。

父は赤ちゃんのようになってしまった、と思った。私たちは、父が嬉しそうにすると喜び、眠ってばかりいると絶望し、どこかで厳かな音楽を盗み聞く。

「れ」は中途半端な状態がいつまでも続く音。それなのに、とても静かで穏やかな音。

「り」の神様からのメッセージ　―目覚め―

りりり
目覚める
肌を新鮮な水が流れるように
脳のひとつひとつのニューロンが
りりり
波打つ
意識が重いまぶたをあげて
りりり
楽譜のない調べを
聞き取っていく

りりり

鳴き交わす鳥の声
何を言っているのか
何を伝えているのか
わからない
けれど
ひと　だけではないこの世界の
隠されたことばに
触りたい
りりり
高く
りりり
低く
きっともう届けられている

宇宙の計算式が
プラスマイナス０《ゼロ》へ
流れていく
失われたものが現れ
あきらめて忘れ果てたことが
動きだす
軽く
明るくなるために
乗りますか
避けますか
りりり
りりり
鳴りやまない音が
わたしたちを微細に
揺さぶっている

朝の鳥の声が気になる。言葉を理解したい。風を読み取りたい。

「り」は人以外の存在が私たちをゆさぶる音。メッセージでもある。

「り」を、左右のどちらかの頬と奥歯の間から息を漏らしながら、発声する人がいる。自分にきびしかったり、子どもの頃から両親に気を遣っていい子でいた方に多い。頬と奥歯の間から声を逃がして、自分を楽にしている。

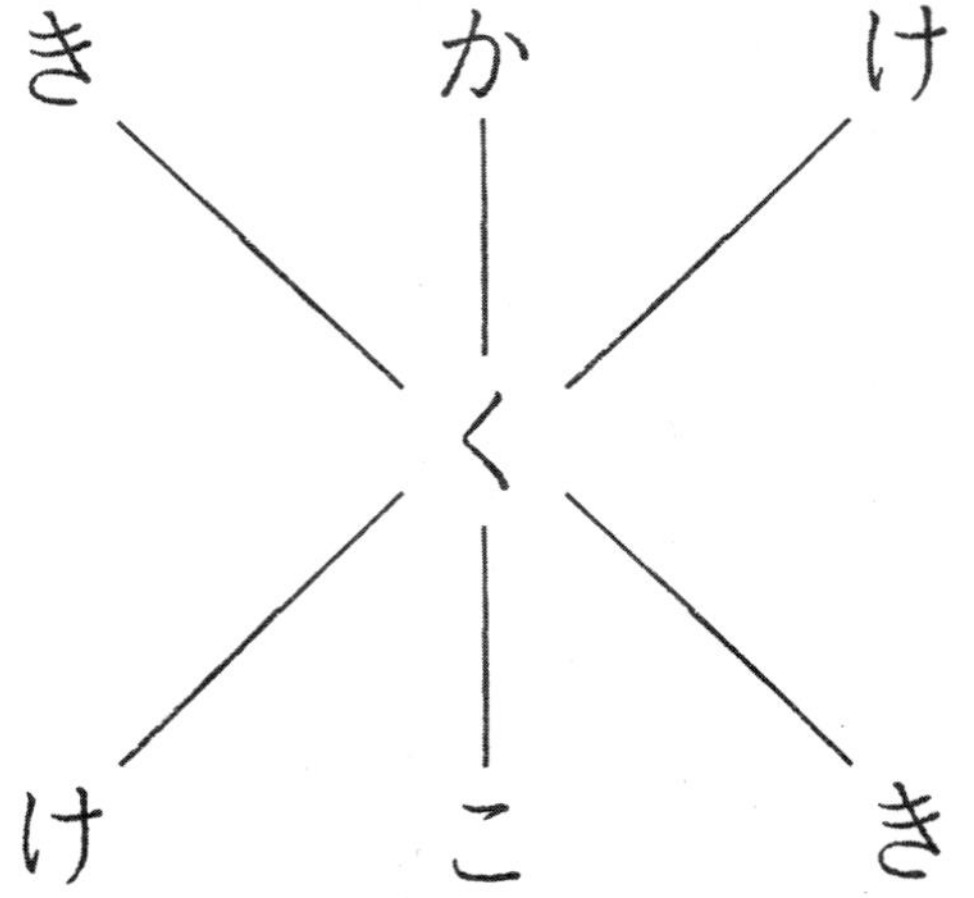
き
か
け
く
け
こ
き

か行　クリアな音　ぶつかって着地する音

怒りと悲しみを感じたいときに

「か」の神様からのメッセージ　―怒り―

怒りを出す
かつ
顔をしかめて
声と空気が
しゅっ
怒りの炎が噴き上がる

腰が痛い
目が赤い
胸が膨れ上がって
許容量を超えている

自分をわかってもらえない
努力してもむくわれない
人に振り回されて
大切なものさえ奪われて
悲しくて
悲しくて
泣けてくる
怒りの奥にたまった涙が
堰《せき》を切って溢れ出す

泣いて哭《な》いて
怒っている自分を
か
言葉ではなく

愚痴ではなく
か
天高くぶつける
そうして
息を吸って
息を吐いて
尖った自分
そっと抱きしめよう
捨てても
誰も拾ってくれないこころだから

よろよろと立ち上がる
性懲りも無く
その自分も愛おしく

ふたたび求めて行く
つみも
かみも
かかえたまま

エジプトでは「カ」は神を表し、日本でも「か」は神を指した。
「か」と大きな声を出す時、怒りや悲しみが声に乗って体から出る。
怒りと悲しみを解き放った時、人はようやく立ち上がって、少し神に近づくのだろう。
「か」の元の漢字は「加」加えるためには、手放さなくてはならない。

「こ」の神様からのメッセージ　ー声ー

体の奥の
聖なる扉ひらいて
声があふれ出す
止まらない
ほとばしる言葉に
光があたり
熱い想いに満ち満ちる

幾度もあなたを呼んだ
日常の流れに巻かれながら
枯れないように
いつもいつも

あなたの光と影に触れた
するどく
やさしく
涙にくれながら

苛立つ声は
きっと届かない
あなたをしめつけようとするから
花のような声
空のような声
春風に乗せたら
あなたをあたたかく包む
あなたを未来へ突き動かす

こ
声は
あなたとわたしの合わせ鏡のすき間を
流れてゆく
滞らないように
暴れないように
愛を生み出せるように

「こ」のすき間を
幾年《いくとせ》の桜の花びらが舞い乱れる
はらからの
降り積もった声を
すすいでいく

「こ」は喉の奥からそっと放つ音。まるで届かない苦しさを小さく吐き出すように。

天と地の間にわたしたちがいる。声を放ち、天の想いを地へ、地の願いを天へ届けようとし続けている。そしてあなたの背中に、あなたの胸に、声はいつも届けられている。あなたを想う、あたたかく切ない誰かの声が。

「く」の神様からのメッセージ　ーしるしー

この世に生きたこと
くっきりと
土に線を描くように
残したい
ほんの少しのしるしでいい
旅立ったわたしが
空から見い出せるように

く
くっきりと
明らかにする
光も

影も
見えてしまうことは
苦しみ
息を詰めるのではなく
息を吐いて
力を抜く
あなたとわたしの違い
わたしと世界の違い
世界と世界の違い
闘うのではなく
慈しむこと
くうーと
気持ちよく
伸びをしながら

くっ
屈託なく
どこか可笑しみながら
生きて
死んでいきたい
直線ではなく
途中で曲がって
く
着地したところは
前よりも深い地面
ゆるんだわたしをためて
ほんの少しふくらんで

先日夢を見た。

大きな浴場で、鏡を見ている私は笑っている。けれど二枚の大きな鏡の端には黒い汚れがついていた。お風呂というくつろぐ場所で、無理して笑っている自分。

ふと見ると湯ぶねに、髪の毛を二つに結んでグレーのパーカーを着た女の子がいる。

気づくとその子がもう私の隣にいた。その子の顔に目鼻がなかった。自分のない生き方を少女時代からしていたのだろう。

「く」は、屈折した音。声に出したあと息を詰めてしまう。もっと開放的な「く」で生きたい。息を吐いて力を抜いて。お風呂場で無理に笑わなくてもいいように。

「け」の神様からのメッセージ　―削ぐ―

硬いボールを
蹴り上げる
け
空高く
どこまでもどこまでも
虹のように
夢のように
声を浴びて
け
から始まっていくアーチ

け（常）の日々に

愛せない
歩けない
ゆるせない
たち止まれない
枯れて
けがれて
け
ぶつかりあう
言葉　からだ　怒り　たましい
熱いボール
よじれながら
落ちていく
ふたたび
起き上がる土のうえに

け
空に向かって
声を放つと心地いい
日常をポンと蹴とばし
歩いていく
け
は涙から芽吹いた
痛い朝
かたくなだった自分を手放し
アーチのむこうへ
どこまでもどこまでも
焦がれていく
光の種

「け」はそぎ落とす音。け（日常）の力が弱まってくると、魂は気枯れて穢れていく。

だから辛い時、「け」を声に出すだけで、すっきりして力がみなぎる。

古い癖、傷跡、手放すときはとても痛い。でも辛いことにあえて光を当てて、自分を楽にしてあげよう。新しい朝を迎えるために。

「き」の神様からのメッセージ　―着地―

窓を開けると
クロガネモチの木
葉をそよがせて
笑いかけてくる

もう
せかせか
小さな枠のなかで動き回るのをやめたい
悲しんでいる誰かのために
たっぷりの時間を使うこと
「き」の文字のように
どこまでもしなやかにカーブして

豊かにまじりあう場所に
ともに着地すること

―人間にはそれができるんだよ―
クロガネモチの木は言った
すべすべした幹
見上げると　いつの間にか
赤い赤い実がたわわに実っている
空と風が育てた
木の情熱
鳥が食べていく
わたしも食べていく
動けないあなたのくちびるにも
ふくませる

指を赤く染めながら
きっと
きっと
と　祈りながら

クロガネモチの木のような
強靭な足で踏みしめたい
人生のでこぼこのフィールド
けれど　時々
二人でゆったり滑り下りて
き
助けることは
助けられることだから
やわらかく

気負わずに
き
何度でも
地面に降り立ってみる

音の強さに比べて「き」はなんて優しい形をしているのだろう。二本の線を貫きながらもやさしくカーブしている。丸みを帯びた線を添えながら。「き」がうまく発声できないことがある。「り」のように、歯の隅の隙間から声を出してしまう。「〜ねばならない」に縛られた自分を逃したくて。でも、それでもいい。クロガネモチの木はいつも見守ってくれる。どんな自分も。大好きな木。

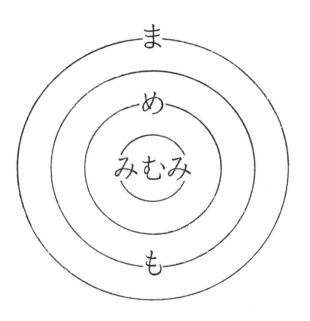

ま

め

みむみ

も

ま行　自分を愛する音　闇と光をはらむ音

強くなりたいときに

#「ま」の神様からのメッセージ　―母―

マザー
すべての悲しい人のために
歳とった父のために
歳老いた母のために
病にくるしむ友のために
自分らしく生きられない少女のために
生きる目的を見失った人のために
生きる歓びを見出せないあなたのために
マンマ
マリア
あまてらす

地球の母なる魂
それは
血縁であり
血縁ではない
大きな樹のような
青い空のような
凪いだ海のような
命を育み
死をも受けとめる
ま
私をくるむ
ま
あなたをかき抱く
安らぎ
ほほえみ

ま
そんな人になろう
そんな生き方をしよう
ま　から広がる
深い愛の
水輪になろう
ま
浴びるように
まず自分に
そしてあなたの
寂しさに
強く
厳しく
しなやかに
ふたたび顔を上げて

地上を歩いていけるように
ま

一昨年二月末に入院し、四ヶ月生きて父は亡くなった。口から食べられない、歩けない。でも意識はしっかりしている。父といて、突然一人暮らしになってしまった母といて、マイナスへ落ち込まないように過ごす日々。みんないつかは通る道だけれど、哀しい。でもきっと必要な哀しみなのだろう。

洗濯物を干して見上げる空に、今日はまーを言ってみた。オレンジのようなピンクの息が、声とともに流れたような気がした。

「も」の神様からのメッセージ　―喪―

わたしはわるくなかった
でもうまくいかないことがおおかった
かんじんなところでいつもしっぱいする
なさけなくて
こんなはずではないみちのり
なぜだったの？
べんきょうはできた
いつもにこにこしていた
だれもきづかなかっただろう
わたしのふかいかなしみ
おとなになったら

もっとひょうめんかした
ちぐはぐなわたし
どうしておこられるのか
わからない
わたしのいきるばしょはどこ?
そらはいつもあかるく
くさのにおいがだいすきだったけれど
だれといても
どこにいても
ひとりぼっちだとおもっていた
もう
喪
すべてをながしさろう
たくさんのなみだであらおう
たすけて

やっといえるようになった
やっとひとのなかでいきができた
も
まだまだしっぱいはつづく
それでいい
もっと
もっと
のぼりつづけたいから
おひさまにちかづきたい
わたしをばかにせず
あたたかく
やさしく
みまもってくれた
ほんとうのおかあさん
ほんとうのおとうさん

私は自分のインナーチャイルドを見つめたい。それは他者のインナーチャイルドを理解することだから。

インナーチャイルドカウンセリングでは、いつもその人の悲しみと生きる強さ、いのちの深さを感じる。

「も」は50音の中で一番小さく口を開く。少しずつ大きく口をひらいていけるために。スタート地点にいる自分だと思う。

「む」の神様からのメッセージ　―無―

吸って吐いて
吸って吐いて
目を閉じる
ことば
もじ
かお
けしき
波のようにわいては流れていく
む
くちびるが小さく尖る
無になることの難しさ

右側から
小人たちが襲ってきた
小さな弓で矢をいくつも放った
無数の傷から血が噴き出した
自分を責める
攻める
罪悪感は
美徳じゃないのに
自分が悪いと思うあいだ
何も見えない
ぬけだせない

一本の命
しめ縄のように

きりりとしまったおごそかな芯
何にも縛られず
誰にもふりまわされず
ここにいる
ここからはじまる
無
責めることなく
閉ざすことなく
自分を敬おう

小さくひらいたくちびるの奥に
光がしずもる
そのあかりを信じる
む

瞑想ヨガの時、仰向けになって目を閉じたら小人たちの襲撃に遭った。その時あることが気になっていて、自分が悪かったのだろうかと考えていた。

前日観た「ラストドライブ」（死を前にした人を望む場所に車で連れて行ってあげるドキュメンタリー番組）で、ホスピスの職員さんが「ここにいると、人間はいつか死ぬということを教えられます」と言っていた。

自分を責めるなんて、もうやめたい。限りある大切な生のなかで。帰宅したら程なく、私が気にしていたことは自分のせいではなかったことが判明した。

一年のはじめ、自分を尊敬したい。「む」の小さくひらくくちびるから出発する。

「め」の神様からのメッセージ　―芽―

プチン　プチン
やわらかい芽
いくつも摘んできた
わたしの
子どもたちの畑から

何の権利があったのだろう
何の根拠もなかった
め
体の
心の目が
わたしを批判する

人の目
天の目
人の芽
天の芽
捨て去るもの
抱《いだ》くもの

ねばならない　はやめて
手足を気持ちよく伸ばして
声を立てて笑って
今日を惜しみながら眠って
朝　森の中を散歩する
そんな風に生きていれば
本当に美しい芽

守れただろう
陽のような目で
あたためながら

今からでも
芽
見出して
育てていく
天の目をひらいて
わたしの
ひとの
命の畑から

以前、Voice Therapy の講座体験に、まだ二十歳そこそこの男性が来てくださった。生まれながら周辺…例えば顔なら輪郭のみ…が見えるという方だった。声を聞くと色が見えると言われた。彼のまっすぐな感覚で、体験の時間は素晴らしかった。また、その甘くやわらかい声に大きな可能性を感じた。「め」の元の字は「女」だのに字の中に「目」が入っているように見える。真実を見つめる目はとても優しい。「芽」を大切に育てていく。

「み」の神様からのメッセージ　―身―

言葉にならないおもいを
こえにのせ
おとにのせ
誰かが歌ってくれる
目を閉じて
ただ自分に入れる
み
耳
身
満ちていく
満たされていく
やわらかく

やさしく
水のように
源を信じて

あなたを抱きしめたかった
触れあいたかった
一番美しい言葉を
ささやきたかった
どうして
だめだったのだろう
どうして
想いを遂げることができなかったのだろう

シャリシャリと
りんごを噛み砕いて

噛み砕いて
甘酸っぱい果汁を
喉に流し込む
流し込む
ように

優しい音楽を浴びる
耳から
するすると喉を通って
歌が
空っぽになった身にあふれる
み
身
傾いた
わたしの源に向かって

甘酸っぱい涙が
こぼれていく

歌を聞きたくてたまらない。

自分の代わりに歌われる歌を探して、探し当てた時は心地いい。満たされたい身。

頭では整理できても、身体は正直に自分を訴えてくる。

「み」の元の字は「美」。こんな複雑な漢字をくずすのは難しかっただろう。

「み」を大切にしたい。自分の「み」　美しい「身」。

そ

さ

す

せ

し

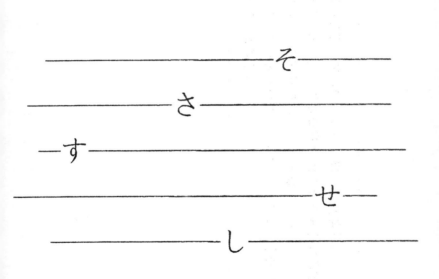

さ行　繊細さの音　しずかな音

愛をあらわしたいときに

「さ」の神様からのメッセージ　―うつせみ―

あのとき二人で見た桜が
いまもわたしのなかに立つ
別れたのち
何十年も
何百年も
さささ
毎春
さくら咲き
さささ
さくら散りつづける

うつせみの世界では
あなたも
わたしも
この世だけのひとと結ばれ
ご飯を食べ
子どもを育て
暮らしの底に
うずもれたまま
ささささ
いくとせも
芽吹きの春
待ちわびてきた

今年も
幹を紅く染めて

脈々と
いのちの愛
流れ続ける
あなたの中にわたしはいて
わたしの中にあなたはいて
腐ることなく
みずみずしく
紅いいのちを吹き上げていく
ささささ
もう
真実に生きることが
誰も傷つけないことだとわかったから
うつせみの衣脱ぎすて
割れんばかりの声をあげ

さ　さ　さ　さ　さ
あなたとわたしの
桜咲く
桜滅びる
来世で苦しむことを断つ

人を愛する気持ちは、消えることなく生き続ける。たとえ結婚の形をとらなくても、見えない世界で心は花を咲かせ続ける。善悪・常識の範囲を超え、そこに咲く花は美しくみずみずしい。

「さ」は繊細さとスピード感を持つ音。「左」をくずしてできた文字。左は「火足り」　火の激しさで熱く周囲を祓っていく。

「そ」の神様からのメッセージ

―あおいみち―

そっと そおっと
かさねられたてのひらから
かなしみが
うすかみのようにはがれて
そらへのぼっていく
あなたのなかに
おきざりにされていた
あおいしずく
なににもおかされない
ふかいねがいに
そっと そおっと
いきをふきかけよう

そのとき
はじめてきこえる
あなたのもとへ
ちきゅうのこもりうた
なつかしいよびごえ
こっちだよ
こっちだよ
はだしでいい
くつはずっとまえからここにある

そっと　そおっと
かさねられたてをていねいにはずして
うすやみのなか
こえのほうへ

みちびかれていく
みずからのきらめきをあかりにして
もどれないみち
いつかからだがすきとおるまで
そっと　そおっと
あたらしいてのひら
はねのようにあるきやすいくつをさがして
そらいろのみらいへ
ほをすすめていく

以前足が痛くなって、仕事仲間だったTさんにヒーリングをしてもらった。彼女が「そ、そ、そ…」と言うと、足が突き刺さるように痛くなった。そのうち、だんだん痛みが消えていった。不思議な体験。きっと自分に「そ」の要素が欠けていたのだろう。

「そ」は静かに高みを目指して歩いていく音。そして世界へ踏み出していく音。悲しみを解放すると、行動しやすいのかもしれない。

「す」の神様からのメッセージ　―時間《とき》―

幼い娘の
赤いべべ
するするすべる絹の
肩上げ
腰上げ
朱色の糸を針に通して
刺していった
すぷすぷ
すぷすぷ

ここはどこの細道じゃ
天神さまの細道じゃ

この子の七つのお祝いに
お札を納めに参ります

するする
するする
娘が手からすべり落ちていく
いつの間にか女の顔になって
眉間に小さなシワを寄せて
呼んでも黙って
母の向こう
はるかな世界をながめるようになった

すんすん
すんすん
時間《とき》が不安を埋めていく

母は少しずつあきらめて
すごすご
すごすご
娘をまるごと受け入れる
しかなかった

通りゃんせ
通りゃんせ

やがて
娘は舞い戻る
たくましい腕に赤ん坊を抱いて
食事、洗濯、買い物、育児
すいすい
すいすい

瞬く間にこなしていく
母と同じ目の高さで
妻と母を共有して
怒ったり
嘆いたり
笑ったり
そして姉のような口ぶりで
慰めてくれるようになった
父を　母を
すうすう
すうすう

通りゃんせ
通りゃんせ

いつかは通る道
母も通って来た道
一人の女性として
一人の人間として
すくすく
すくすく
手放したり
抱きしめたりしながら

行きはよいよい
帰りはこわい

けれども
それでも
道はやがて

すーっと流れて続いていく
通りゃんせ
通りゃんせ

親子でも、それぞれの人生。子どもは親のものではないし、楽しいときも、烈しくぶつかるときもある。自分も子どもだった。その時を忘れないようにしたい。「す」は呼吸の音。神社に行くと「あまてらす」の「す」が〇のなかに〻が入ってあらわされていることがある。魂〇に呼吸〻が入って、わたしたちは人として生まれ出た。

「せ」の神様からのメッセージ　―背筋―

物干し竿のすきまから
背を伸ばして
青い空へ手をのばす
まるで幸せをつかむように
精一杯　指をひろげて

涙に濡れた洗濯物が
風にひらめいている
重い竿に
ひとひらの希望が空から届くと
たちまち乾きはじめる
それは

うす桃色の言葉だったり
新緑のまなざしだったり

悲しみに打ちひしがれると
曲がる背
空が遠くなる
重いまぶた
朝もう目覚めたくなくて
生きていたくなくて
背骨が痛み始める

夕焼けをながめながら
乾いた洗濯物の匂い
抱きしめる日は
明日の空へ　また背筋を伸ばす

いつも
いつも
切なさを脱いで
薄着になっていきたい
もう手を伸ばさなくても
安らげる日
春とともに
わたしは待ちつづける

「せ」は声にするまで、息の助走がある。やっと出た声は、だから優しくやわらかい。

私たちを黙って支える背骨のように。心が寒い日は縮み、暖かく希望のある日は高く伸ばすことができる。

背骨が痛い時は、ここにいる自分が痛い時。背骨をまっすぐに立てて、世界へ踏み込もう。

「し」の神様からのメッセージ　―風景―

降るような星を見たことがある
小笠原父島
好きだった人と
ひと晩中　浜に寝転んで
空をながめた
し
しじま
波の音
息づかい
風のうた
ただそれだけがあった

漆黒の空と
幾億のまたたきの下には

旅先で出会った
島のひと
その人の背中にあった
鮮やかな観音様を
わたしは見ることもなく終わったけれど
その夜の星空は
永遠にある
誰にもおかされない
静けさとともに

し
誰しも身体の中に

忘れられない風景がある
自然が与えてくれた贈り物
その人はもう生きているかどうか
わからない
けれども
わたしが死んでも
きっと生き続ける
夜空の
星の声
し　の
やすらぎ

レイチェル・カーソンの『センス・オブ・ワンダー』を読んでいたら、急にパノラマの夜空が現れた。もうはるか昔のことなのに。忘れていない、生き続けていた光景だった。

「し」は伸ばすと静けさを生み出す。短く切ると強くなる。有声音も無声音も。静けさの中に深い記憶はしまわれる。そして過去はわたしたちのすぐそばにあって、思い出されるのを待っている。くまなく見て整理されたくて。

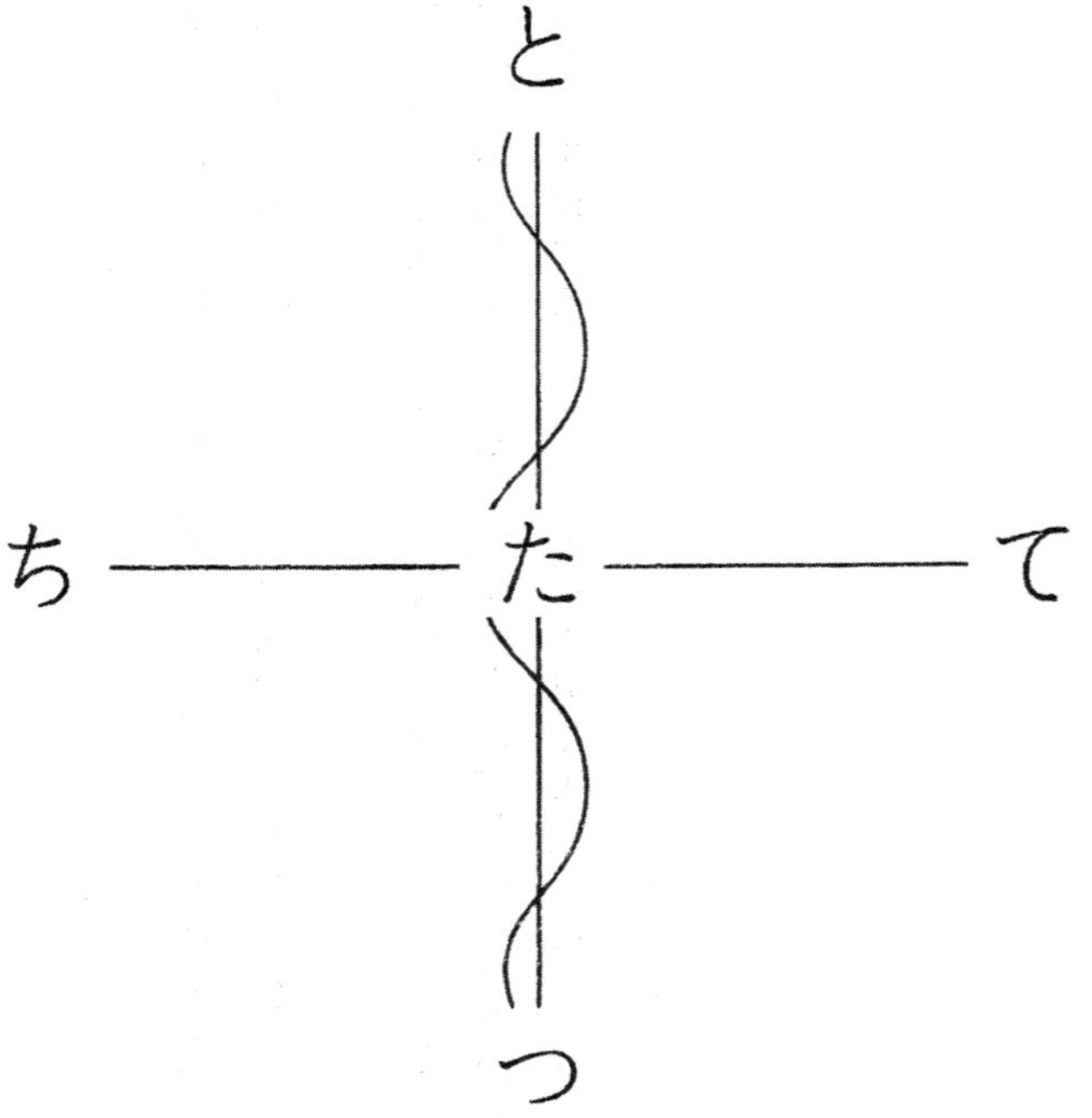
と
ち
た
て
つ

た行　前へ跳ぶ音　立ち止まる音

居場所を確かめたいときに

「た」の神様からのメッセージ　―田―

きっと田から始まった
大切なお米から
田は
天と地に守られて
ひとが毎日
耕していくところ
土と水
心と身体

甘やかして
逃してきた自分を
十字の真ん中に立たせる

腰を立てて
背骨を伸ばして
天と地につなげる
た
悲しくて
情けなくて
だれかに寄りかかりたかった
それが
成長を妨げていることもわからずに

どろどろの感情を
地面におろす
たった一人で
立つために
わたしの人生をすべて負って

はじめて
人と
対等に
支えあうことができる

わたしがどんなにいびつでも
あなたがどんなに理不尽でも
田の真ん中で
いつも天地につながっていれば
間違えることなく
豊かになれる
た
た
た
失敗しながら

転びながら
たくさんのひとから
お米のようなほっこりした笑顔
いただいたから
怖くても
目を開けたまま
両手をひろげたまま
た
た
た
やめることなく
進んで行く

毎日変わりたいと願う。感情的だった自分から、依存的だった自分から。本来の生きる強さを携えた自分を、呼びもどしたい。

「た」は否定せず非難せず、すべてをそのまま受け入れてすすんでいく音。

た、た、た と、今を踏みしめてすすめば、あるときふと離陸できる。なりたい自分の空を飛べる。

「と」の神様からのメッセージ　―扉―

満月の夜
過去への扉が開く
十五年前
庭の片隅に龍の玉を埋めた
小さな手も大きな手も
重ねて
真言を唱えた
あの時
埋めて鎮めたのは
私の龍
身勝手で
おさなく

小さな世界でおのれを振り回していた
いびつな龍

とどこおった時間が
早瀬となって
流れ始める
扉がつぎつぎ開いて
止まらない
過去から今へ火をつけて
燃やし尽くした
怒り
嘆き
悲しみ
自己憐憫

今宵
月の光が降りて
地の底の龍を照らす
もう解き放たれていい
白く透き通り
神に近づいた龍が
螺旋の道を駆け上っていく
静かなそらの海原へ

わたしは歩きつづける
火でも
水でもない
地の扉を開いては閉じて
じっくりと
そらをめざして

龍をめざして
変化《へんげ》していく

十五年前、庭で小さな神事を行なった。家族全員で真剣に。それからいろいろなことが起きた。つらいこともたくさんあった。けれども大きな意味で、それらは「苦」だったのだろうか？

「と」はとどまり、開く音。と、と、と、と過去を確かめ解き放ちながら、未来へ向かっていく。ゆっくりと足裏で踏みしめながら、過去も今も大切にいとおしみながら。

「つ」の神様からのメッセージ　―休息―

つらいときは
行きつ戻りつ
つ
登って上って
力尽きてすべり降りる
つ
最後まで戻らないのは
少しずつ進化したいから

蝶のように
自分色の羽を広げて
思いのまま飛んで行きたい

明るい方へ
あたたかい方へ
いい香りを胸いっぱい吸い込んだら
つう　と涙がしたたる
わたしを生ききった
よろこびに

今夜は
つ
息を詰めて　背中をまるめて
自分を休めよう
つらいときは
つ
生えかけの羽をたたみ
唇を閉じて

自分が流れないように
堰き止めてたくわえよう
ふたたび　強く
羽ばたくために

落ち込んだ日は、たくさんネガティブになって、「つ」の字のように丸まって眠ろう。上ったり下がったりしながら、それでもきっと進んでいる。力を蓄えて上書きできたとき、心からスッキリ前を向くことができる。

「つ」は防御する音。詰まってしまった自分を休め、明日へ動き出すために、立ち止まって守る音。

「て」の神様からのメッセージ　―手―

悲しいときは
手
握っていてほしい
ひとりぼっちではないと
自分に言い聞かせるため
手
その時のあたたかさを
手が覚えているから
今度はあなたにさしだせる
助けてもらったから
だからいま生きているから

あなたのうなだれた手を
大切に包み込む

誕生の時
かたく握りしめていた手
ひらいて
ちちはは
きょうだい
ともだち
すきなひとと
手をつなぐ
手をはなす
ひとりぼっちと知った時
ぎゅっと握りしめて

立ち尽くす
しかなかった

て
片手を自分のために
もう片方の手をひとのために
やがて
両手を差し出す
本当の愛をまなんだとき
けれど
なすすべもないと感じたとき
両手はだらりとぶらさがる
駆け寄って
握ってくれた手のやわらかさ

全身が手だけになった
あのとき

そして
大昔から
知っていた
どんな時もそっと背中を押してくれる
もうひとつの
大きな手
なつかしく
厳しいその手に
みちびかれて
歩いてきた
ここまで

「て」と声に出すとき人は笑顔になる。それは苦しいことを何度も乗り越えて、また生きる活力を感じているから。舌を上あごに当てる分、強さが生まれる。

「て」というと、一番に思い浮かべるのは「手」。人の手は、なんていろいろな働きをするのだろう。ていねいに「手」をつないで人とつながろう。

「て」の元の漢字は「天」　天の手は、あたたかく厳しい。

「ち」の神様からのメッセージ　―地の愛―

嘘でも
不安定でも
寂しいから
そばにいて
ち
噛みしめるように
穏やかな時をあたためあう

いつもまっすぐ燃やさなくてはいけないか
心をくまなく照らして
すべての一致が必要か
ち

の音で嚙み砕く
真《まこと》の愛という苦い果実を

ワインを華奢な首のグラスに注いで
ふたり飲み干すと
赤い嘘は
限りなく純白に近づいていく
触れる息の優しさ
見える手のぬくもり
血が通っているから
くっきりした輪郭が欲しくなる
たとえ命の終わりに罰せられても
ち
歯を閉ざして

地の愛
わたしはここで生きていく

「ち」は噛みしめる音。歯を閉じて発声する。口の奥をひとに見せないようにして、自分の中だけで噛み砕いて納得する。罪悪感も哀しみも飲みこんで。でも、それでいい。いつも正しく常識的に生きていけないことがある。そんな自分をゆるしたくなる時もある。

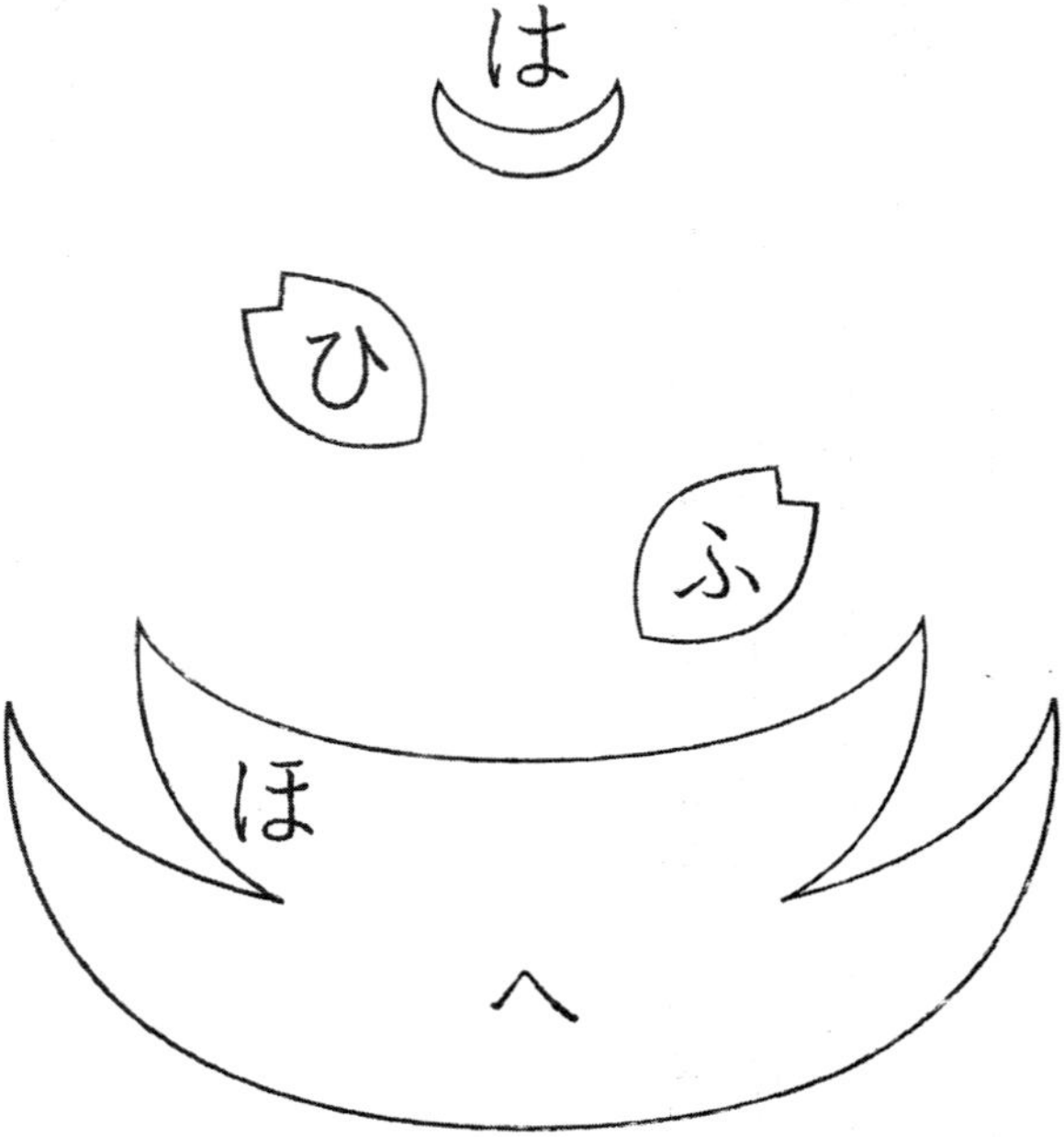
は
ひ
ふ
ほ
へ

は行　生まれる音　呼吸の音

自分を思い出したいときに

「は」の神様からのメッセージ　―はる―

春浅い日
母と北鎌倉を巡り歩いた
円覚寺、明月院、葉祥明美術館…
古びた喫茶室でお茶を飲み
父に小さなお土産を買った
まだ何も始まっていなかった
まだ何も終わっていなかった
すべてが
春らんまんに向かっていた

は
時が来ると

萌えだす命
燃え尽きる命
は
と 息を吐き
息を呑み
初めて感動する
初めて慟哭《どうこく》する
そして ふたたび
はるのように
新しい命にぬりかえられる
新しい朝に出会っていく

は
息を吐くたび
ピンクに尖ったカプセルが弾けて

沈丁花が香りだす
は
息を呑むたび
雲が割れて
あたたかい雨がこぼれ出す

はるかな宇宙のみなもとへ
息を投げ
息を受け取り
は
いまあるかぎりの
いのちを燃やす
いのちを匂い立たせていく

母と巡った北鎌倉の光景は、心に焼きついている。静かな葉祥明美術館、坂に沿って可愛い小物の店が並んでいた。春の息吹の中で。そうしてまだ父も元気だった。

自分の中に蓄えられているたくさんの風景。

「は」は呼吸の音。そして過去や高次元のエネルギーとつながる音。

きっと取り出されるのを待っているのだろう、やり残した風景は。

「ほ」の神様からのメッセージ　―なつかしさ―

あなたといると
胸があたたかくなる
なんだかなつかしい
なんだかかなしい
はるかなむかし
あなたの声を聞いて生きていた気がする
どこから来たのか
どこへ消えていったのか
ほんのりと光がみえる
限りある
身体の遠い種粒に

あなたに
ふたたびみたび
会いたいと願う
いつまでもなつかしさにひたりたくて
その声にあたたまりたくて
きっと疲れている
きっと涙をこらえている
心が
流れ出してもいい
ほっとして
夕焼けの
やわらかい雲のひろがりの中で眠りたい

ほぉ
息を吐く

この悠久の世界に
小さな時間《とき》のさざなみ
かすかな声の記憶
揺れて
つらねて
あなたとわたしがつながっていく
薄暗がりの部屋のなか
一人になって
ほっと
立ち上がり
また始める
あなたの
声の明かりが灯っている
この屋根の下から

「ほ」は息が散らばらずに自分の口をあたためる。「ほ」と声に出すとき、身体がゆるみ、すべてをゆるせるような気がする。あなたといるいまの時間、遠い記憶の世界。時をまたいで、“ほっ”とすわっている。“ほー”と、その時の自分と一緒にいる。

「ふ」の神様からのメッセージ　―出現―

感情という名のもやを
ふう
吹き払うと
素のわたしが現れる
キョロキョロといつも何かを探していたり
涙に濡れたのどを
叱りつけていたり
夜になると
明日を不安がっている
穴だらけの自分
でもそれが本当のわたし

見たくなくても
見てほしがっている
ありのままの自分

ふう
時のほこり
吹き払うと
子どもの頃
大切にしていた小さな夢たち
木の上に家を建てること
オジギソウで一日遊ぶこと
童話の中のお姫様の暮らし
少女マンガのキラキラしたふろくが宝物だった
あの頃

考えていること感じること
たっぷりの時間であじわうこと
眠るときの安らぎと
どこかでたき火をしているような
朝のつーんとした空気
ふう
息で風を起こす
忙しいから
時間がないから
ぐるぐるの日常へ

ふいに
玄関でチャイムが鳴る

ドアの向こうには
待ちくたびれたじぶん
なつかしい顔つきで
立っている

日常の何かを楽しんでいる人を見ると、惹かれる。それは楽しくなくなった自分がいて、初めて気がついた。

「ふ」は息を吐く音、立ち止まる音。「ふう」と息を吐くと、見えなかったものが現れる。元の字は「不」打ち消す意味。なぜ打ち消してしまったのだろう。立ち止まって本当の自分を探してみよう。

「へ」の神様からのメッセージ　―ひらく―

しゃくやくの花びらが
めくれていく
紅色のもみじ葉が枝をはなれる
赤ん坊の寝息
目を閉じて
耳を開いて聞こえる
かそけき音

へ
体の隅で
パチン
細胞が赤みを帯びる

思いがけず
道の向こうからあなたが歩いてきたり
その時
鳴子のように
風がポプラの葉をいっせいに鳴らしたり

へ
信じていい
たしかに届いた
めくるめく
せかいの呼び声
へ
幸せになっていい
たくさん受け取っていい　と
沈んでいた記憶が

光を含み
せかいの上半分が
パノラマのように
ひろがっていく

へ
から
始まる
新しい未来
赤ちゃんのように
もっと大きく口を開いて　と
突き抜ける空が
讃《たた》えている

秋風が吹いて、急に寒さが感じられるようになってきた。

せかいは小さな音を発して変化している。その音たちを捉えることができたなら。

はじめは「へ」と、口半分を閉じて疑いながら、やがて大きく開いて、たしかな喜びとして受け取りたい。

「ひ」の神様からのメッセージ　―ひと―

わたしは遠い星から来た
草尖《とが》る太古
宇宙のひとつの星に生まれた
巨木の密林
少年の形をしたわたしは
眼の窓から
波のようにずれていく葉の
不吉なざわめきを聞いた
滅びゆく時
母のあたたかい指に押されて
うめきながら
遠い地球にとどけられた

地球《ここ》に生きるすべての人は
草燃ゆる原始
宇宙の星からちりぢりにやって来た
光よりもすばやく
〝ひと〟という
ミクロの宇宙におさまるために
未満の美しい肉体に
きゅっと魂を入れ込むために
その時のいたみ
異和の世界で
こみあげる涙に喉をひらいて
ひとはひととまじわった
声をふるわせ
皮膚をあわせて
ひとはひとと溶けあった

もう
あの樹木の頃のように
鼓動と呼吸をずらさないよう
こころとからだを離さないよう

わたしは遠い星にいた
ひとは遠い星から来た
宇宙の産道をひりひり通って
地球めがけて生まれ落ちた

〝ひと〟というわたくしの
いのちのふかさ
ありがとうのたね

私たちはみな宇宙から来たと思っている。十数年前、偶然受けたクラニオセイクラルワークで、宇宙から来た体験をした。出てきた映像の中で、実際仕事でミスが多かった私に色々な人が「あなたにできるわけがない」と言った。私は「私だってできるのよ！私を見て！」と泣いた。その時宇宙に抱っこされているようなあたたかでふわっとした気持ちを味わった。人が魚から進化していく様子を高速で見た。

「ひ」と言う時、口は笑っても目は笑っていない。きっと、自分の中の否定的な思いと、よりよく生きたい切ない願いが、せめぎあっているのだろう。

その自分をそのまま認めて歩きたい。倒れて起き上がって泣いてまた笑って。

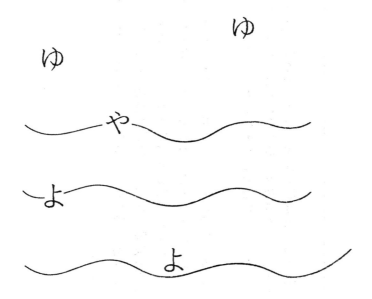

ゆ

ゆ

や

よ

よ

や行　自分をゆるめる音　自由な音

自分を守りたいときに

「や」の神様からのメッセージ　―やすらぎ―

や
やさしさは
ときに　とがったことばに
けずられる
なみのような
にちじょうのくりかえしに
けずるひと
けずられるひと
やめられない
むねはつぶれ
のどははりさけ
やりきれないこえになる

ふりつもったかなしみ
かえられないいかり
おびただしいことば
なみだでおしながしたあと
や
やわらかい
やすらぐこえになる
ほんとうのじぶんの
いのちのちからは
まるいこえにやどる
あなどるな
ひとをみくびってはいけない
や　のつよさ
や　のおもみを
あなたはしっているか

いやされたやみのまんなかに
や
やまのような
ゆるぎないこえ
まもっている

もう何十年と、強いお母さんと、身体の弱い娘さんの関係がくりかえされ、外へ出ることもままならない方と、電話のカウンセリングが続いていた。詩を読みあったとき、彼女は泣いて哭《な》いて、そのあと読んでくれた声は、涙がでるほど、やさしい美しい声だった。

「や」は自分を緩ませてやわらかくなる音。自分をねぎらう音。烈しい気持ちをことばにすることができれば…そのあとに、真の癒しが来る。

「よ」の神様からのメッセージ　―確認―

床の上に
薄いマットを敷いて
よこたわる
死体のように
たったひとり
地面に近づく
おおぜいの中の
静寂
いのちはこんなに静かで
ひんやりしている
仕事、ちちはは、家族、友人
絡まる糸を脱いで

おそるおそる
地によりかかる
よ
吸う息と吐く息が溶け合い
体の重みが床を押して
私が生きていることを
四角い宇宙で
確かめる

よ
よかった
胸を締めつけるような
罪悪感が今日は来ない
生きている
ただここに在る

それでよい
アメジストのまなざしが
ポトン　ポトン
しずくのように落ちてきた

ヨガに行って、最後のシャバーサナ＝死体のポーズの時、今日はとても静かな気持ちになった。寂しくはなかった。

「よ」は確認の音だ。自分が生きていることの。大勢の中の自分から離れて、自分を生きる自分。地面につながって。それでよいと思える音。

「ゆ」の神様からのメッセージ　―自由―

指先からこぼれる音楽のように
雪は舞う
空の光をまとい
闇の夜に浮き出て
時を選ばず
地上の想いも汲まず
自由に
あでやかに
雪は舞いちぎれる

ゆい
唯
風がともだち
どこまでも遠くへ
たくさんのかたちをゆるされて
舞いひろがる
枠など無いの
したいように生きればいい
ひとひらの雪として
完結できれば
心地いい

やがて
真っ白な世界に
舞いおりるから

ゆったりと
あなたとわたしのように
溶け合うから
ひとりの夢を終わらせて
地に深く吸い込まれて
（だれかのために）
ゆっくりと
音がこぼれる前の
情熱をかもしだすから
力を合わせて
だから　いまは

のびやかに
ゆい
美しい雪の

自由を
結い
ゆほびかに
わたしは舞う

今日は雪。風の中で舞い狂っていたり、雨のようにびしょびしょと地に落ちたり、大きな形でふわりと積もったり…。さまざまな様子を見せてくれた。

「ゆ」は自由なかたちにゆるむ音。どこまでも自分を広げていけそうな気がする。緊張が続くときは、「ゆ」の音が効果的。湯の中に入って、ゆーと声にして。「ゆほびか」は「ゆほびかなり」という古語。不思議なとかゆったりとしたという意味。

わ　　　わ

を

わ　　　わ

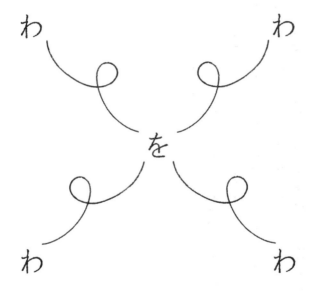

わ行　ひろがる音　宇宙の音

人とつながりたいときに

「わ」の神様からのメッセージ　―輪―

わたしが好きなことを
あなたに伝えたら
あなたはよろこんで
じぶんのことを話して
波のように
寄せては返し
前へ
遠くへ
ひろがっていった
わたし
わー
輪

あ
あなた

つらくて
くるしいことを課すのは
もうやめよう
耐えること
乗り越えること
輪の内側に向かって
自分をなだめ
言い聞かすこと
身体を痛めながら

わ
地球の上に立って

土踏まずで地面をつかんで
高い声を響かせる
わたしがうれしいと
あなたもうれしい
正直に
ありのままに
笑ったり
泣いたり
大きく伸びをして
声を
息を
つなげていく
わたし
わー
輪

あ
あなた

じんるい
せかい
しぜん
うちゅう
わ
口をあけて
すべて
身体の奥に
放り込んだ

「わ」はひとや宇宙や自然につながる音。

頭頂のチャクラ（身体の中に在るエネルギーセンター）の音であり、わの音で身体を囲むと、邪魔するエネルギーから守ってくれる。

岡本天明『ひふみ神示』には、「**わ**と**や**は、**あ**のわけみたまぞよ」とある。

「わ」は「あ」をもっとひろげた音。

喜びでつながるとき自分もまわりも明るくなる。「わ」の元の字は「和」　なごやかな幸せがひろがる。

「を」の神様からのメッセージ　―りぼん―

を
へその緒
生まれたとき　絶った絆を
何度もつなぐ
愛という名前で
血という刻印で
優しい声
頬ずり
苛立ち
涙の雫で
どんな時も
おもっている

忘れることはない
あなたの幸せを祈りつづけていく

結婚という名のもとに
織りはじめた虹色のロープ
喧嘩をしたり
すれちがったり
思いどおりにしたくて
寂しさをかみしめたり
でも
を
三度のごはんのように
希望を料理して
結び直そうとする
本当は笑顔を分かちあいたい

心と体でわかりあいたい
どんな苦労も
あなたと一緒に乗り越えてあるきたい
ふぞろいの織目になっても

を
小さな目標をかかげて
結び目がいくつもできる
を
目には見えない
魂をつなぐりぼん
挫折しながら
泣きながら
一番美しくなびかせたいから

そして
神様と結び合わす
太いしめ縄
幾度も信じられないと啼《な》いた
そのたびに
手を合わせて
束ね
ほどけないように
ねじりあわせて強くする
一生
なんども
なんども
どうか
つながっていてください
ずっと手を離さないでいてください

BUMP OF CHICKENの「リボン」を聴いていた。

そうだ。ずっとそのままの状態で、つながっているなんてことはないのかもしれない。

「を」は目標をつくってそれに向かって進んでいく音。私たちは「を」をかかげて生きている。「を」で時間と意識をつなげていく。

「を」の元の漢字は「遠」　はるか遠くから私たちの意識はつながっている。

ん——ん——ん

ん　終わりの音　始まる音

永遠を信じたい日に

「ん」の神様からのメッセージ　―未来へ―

風に吹かれると
身体は透き通り
いつの頃か消えてしまった犬と
一緒に歩いている

夕暮れのひととき
森の中に光が宿る
過去と未来をつなぐひらめき
切り株にすわって
本棚に埋もれていた本を開く
新緑の言葉
高いわらい声

飛び出してきて
つながる今を探しはじめる

ん
わたしは死んでいない
過去に開いた花草《はなくさ》
抱えて
未来へ運んで行く
ざわめく風に乗って
忘れない
滅びない
透き通った犬が
意地を張ったわたしを
優しく見つめている
あのときと同じ濡れた瞳

一緒に行こうね
ん

いつも
これからも
わたしは生きているから

公園の変わらぬ緑。本棚に並んだ、古びた本。
全て全てつなげてもっていたくなった。捨て去ったものも拾い上げたくなった。
リセットしたはずのものも。無くなったわけではないから。
「ん」は過去と未来をつなぐ音。
「ん」を伸ばして発声すると、遠くに光が見える。最小限のエネルギーを使って、
光へ近づこうと動き始める。

あとがき

50音の詩46編を読み返してみて、目をあげると、読む前とはちがう場所に立っている気がしています。

長い間、心と体の中で育てた言葉を整理して、本という、巨大な風呂敷に包んでおろしたような感覚です。


50音の詩を書く時、記号論にならないように音遊びに終わらないようにするにはどうすればいいのか？迷いに迷いました。

その時、かつての私の詩の先生であり、Voice Therapy でご一緒に仕事をした時野慶子さん（現 Maria Blue Hearing）から「情景が目に浮かぶように書けばいい」とアドバイスをいただき、それを心がけてきました。

また、かならず声に出して読んでみて、違和感のある言いまわしやリズムを乱す言葉は、書き換えてきました。かつて朗読活動を行ってきたこと、Voice Therapyのカウンセリングやスピリチュアルボイストレーニングの時に、お客様と詩や絵本を読みあってきた実感から、自分にとって声に出すことは欠かせない大切なことだと思ったからです。「はじめに」に書きました通り、古神道の神社で祝詞や真言を声に出すことが、50音の詩を書くきっかけになったので、それは当然のことかもしれません。ですから、声に出してお読みいただけましたら、とても嬉しく存じます。目で読むのと、また違った感覚をお持ちいただけるのではないかと思います。

この詩の中には、声もあり、スピリチュアルな感覚もあり、私や私につながる人の物語も入っています。が、やはりすべて自分自身なのだということをいま改めて感じています。

また、書いている途中、苦手な行、好きな行があることも発見。自分自身を知るきっかけにもなりました。

この本を出版したら、ずっとやってみたかった50音のワークショップを開きたいと考えています。その時はこの中の詩も使って、50音を声に出し、いろいろなイメージで感じていただきたいと、夢が膨らみます。

本を作るのにわからないことが一杯だった私に、一つ一つ丁寧にアドバイスくださった銀河書籍の家本照彦さん、みずみずしい感性で表紙や各行の扉をデザインくださった（株）シンクスデザイニングプロの碓氷綾加さん、そしてこの本をお読みいただいた皆様に、心より感謝いたします。

初冬の穏やかな日に

須藤三智穂

【著者】

須藤三智穂（すどう　みちほ）

日本生まれ。詩人・スピリチュアルカウンセラー。

1998 年より、美術館、図書館、保育園、ホスピスなどで詩の朗読を行う。詩の鑑賞と朗読の講座「やさしい詩」主宰。学習障害の子どもたちの学園「見晴台学園」での非常勤講師を経て、2007 年より、詩・絵本・真言・ひらがな 50 音を使ったカウンセリングとスピリチュアルカウンセリングを一つにした「Voice Therapy 」を行う。

現在、鑑定の場でもスピリチュアルカウンセリングを行なっている。

詩集に『真光透とふ』（今日の話題社）がある。

http://www.voicetherapy.info

50音ヒーリングポエム
言霊宇宙（ことだまコスモス）
2019年12月15日　第1刷発行

著者　須藤三智穂
表紙・各行扉デザイン（株）シンクスデザイニングプロ
編集　ボイスオブハート出版
発売元　（株）星雲社
〒112-0005　東京都 文京区 水道１丁目３－３０
電話　03-3868-3275
発行所　銀河書籍
〒590-0965　大阪府堺市堺区南旅篭町東 4-1-1
電話　072-350-3866

ISBN　978-4-434-26837-3　C0092